Zéro

Il fait nuit.
Chez les Barbapapas tout le monde dort.
On ne voit personne.

BARBAPAPA ET LES NOMBRES

Annette Tison et Talus Taylor

Les Livres du Dragon d'Or

Un
Le soleil se lève.
Un Barbapapa fait
sa gymnastique matinale.

Deux
Après la gymnastique,
deux Barbapapas
plongent dans la piscine.

Trois

Trois c'est sympa.
Trois Barbapapas
jouent à la corde
à sauter.

Quatre
Au tennis, il faut être
quatre pour jouer un double.

Cinq

Cinq, c’est une équipe de basket.

5

Mais ça n’est pas juste !
C’est trop facile
pour les Barbapapas.

Six

Six est un bon chiffre
pour faire une pyramide.

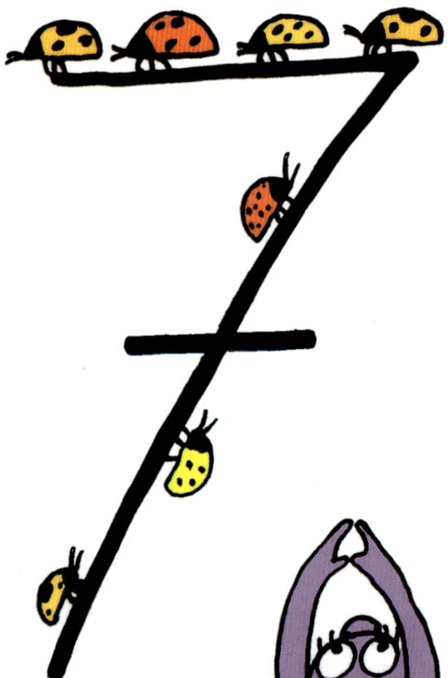

Sept
À sept, vive le sport !
C'est sur la poutre
qu'on voit les plus courageux.

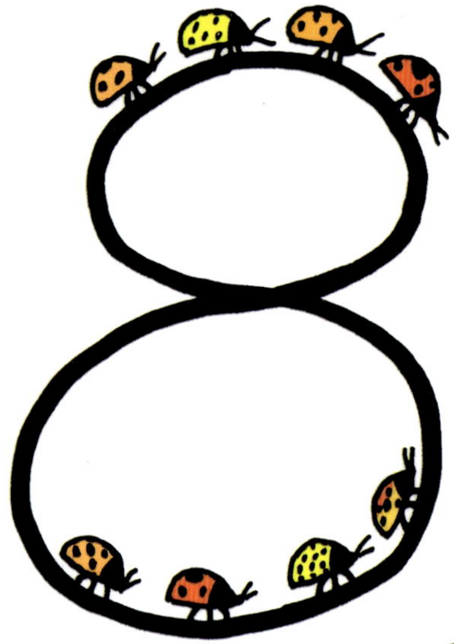

Huit

À huit, sur la rivière,
on fait de l'aviron.
Oh, hisse ! Oh, hisse !

Neuf

Il y a neuf Barbapapas :
Barbibul, Barbouille, Barbotine, Barbalala, Barbabelle, Barbidou, Barbidur, Barbapapa et Barbamama.

Dix
C'est alors qu'arrive
un dixième Barbapapa
venu de l'espace !

10

Dansons la danse du dix :
Dix dix dix dix dix
dix dix dix dix dix.
Nous sommes dix dix.

10